满庭芳文萃

我与明月对视

顾君义 著

中国纺织出版社有限公司

内 容 提 要

《我与明月对视》中的诗，恣意率真，洒脱奔放，像是一个在白茫茫雪地里独自奔跑的雪孩子，孤单、纯粹而暗流涌动，让人根本无法相信这是已过天命之年的诗者所书。他始终在心底给自己留有一方诗歌的圣地，这既是对世上万物的敬畏之心，也是对自己的疼爱之意。

图书在版编目（CIP）数据

我与明月对视 / 顾君义著. —— 北京：中国纺织出版社有限公司，2024.2

（满庭芳文萃）

ISBN 978-7-5229-0965-3

Ⅰ. ①我… Ⅱ. ①顾… Ⅲ. ①诗集—中国—当代 Ⅳ. ①I227

中国国家版本馆CIP数据核字（2023）第232479号

责任编辑：郝珊珊　　责任校对：王蕙莹　　责任印制：储志伟

中国纺织出版社有限公司出版发行

地址：北京市朝阳区百子湾东里 A407 号楼　邮政编码：100124

销售电话：010—67004422　传真：010—87155801

http://www.c-textilep.com

中国纺织出版社天猫旗舰店

官方微博 http://weibo.com/2119887771

北京虎彩文化传播有限公司印刷　各地新华书店经销

2024 年 2 月第 1 版第 1 次印刷

开本：880×1230　1 / 32　总印张：64.75

总字数：998 千字　总定价：600.00 元

凡购本书，如有缺页、倒页、脱页，由本社图书营销中心调换

深情之眸

　　现正是秋天最美的时候。夕阳落在渭水河岸,波光粼粼中,我看见水面上出现一座隐约的山峰。我知道,那是千里之外秀美的嵩山;我仿佛看见,山脚下,有位衣袂飘飘的诗者,双眸如炬,时常背倚学舍,仰望山顶,款款吟出心中所思……在我心里,君义先生便如嵩山,厚重而奇丽;他的诗,就是山上郁郁葱葱的花草和树木,装点出他不一样的诗意人生。

　　君义先生邀我写序,我无丝毫犹豫就接受了。和君义先生一起在诗群里写了五年的同题诗,他指引和见证了我的努力及成长,我也注视着他一步一步攀上山顶。这是一份信任,更是一份尊重。

　　人生何处不相逢,和君义先生遇见,是意料之外,又是情理之中。网络时代的便利,让两个相距遥遥的陌生人,在微信里相识相知。2016年的10月9日,是我和君义先生认识的日子,之所以记得如此清晰，是因为，第二天我就收到了他写给我的诗评。这是我的诗歌第一次被人评论，惊喜和兴奋不言而喻。那是一个下午，我在单位上班，秋日的阳光很好，透过玻璃窗照进来，丝丝缕缕洒在桌面的绿植上，很温暖，又充满着蓬勃向上的力量。这是那一刻他给我的感觉，也让我对他的为人处世有了一定的了解。为一个手机里的陌生人，耗费一晚上时间，写出两千多字的评论，他必是爱诗之人，也必是厚道之人。

当我得知君义先生时任登封市实验高中的副校长，常年主管学校的教学工作时，我对他的敬佩又多了几分。这当然并非因他的职务，而是因为他"浪迹"尘世，虽常被俗务缠身，但依旧保留着一身的正气和清气，这在当今繁杂而喧嚣的社会异常难得。他通过自身的努力，考学、工作、升职，作为来自农村的一个只有两脚泥的苦孩子，一路走来，一路阳光，一路向前，没有任何背景，所付出的艰辛可想而知。也正因此，他更早地体会到生活的酸甜苦辣，更懂得珍惜自己所拥有的一切，率真而不圆滑，诚挚而不虚伪，一步一个脚印，踏踏实实行走在人生旅途上。

每个人都有其复杂性。烟火中，我们保持着生存必需的清醒；俗世外，我们又寻找着内心诗意的迷醉。最好的人生，或许就是能够平衡好这两种不同的生活，既能安放好自己的肉身，又能守护住自己的灵魂。而君义先生做到了，作为登封实验高中主管教学的副校长，每年高考放榜的那一天，都是他职场里的高光时刻；而他创办的"诗大家"诗群，又让身为登封市作家协会主席的他，引领着作协的同好之人，怀抱着对生活的激情和对社会的责任，一起用文字探知世界、表达世界、改变世界，一起寻找着自己灵魂可依的文化及精神家园。

随着年龄的增长，我越来越感知到人生的不可预测，也越来越接受冥冥之中的因果关联。我时常想，君义先生的名字正是他本人的真实写照。和他认识五年来，生活中我每遇困惑之事，总是第一时间请教他，他就像古时的君子一样，明大义、知事理，绝不会把人往"沟"里带；写作上我每遇瓶颈，作为河南省语文学科带头人的他，又用其丰厚的文学底蕴为我答疑解惑。

三岁丧母，家门前汤汤流过的顾家河，承载了君义先生一生的思念和情感，更成为他诗歌的发源地和灵魂的归宿地。读他的诗，我的脑海里时常有这样的画面：一个三岁的小男孩，在某日黄昏，用自己的小手拉扯着母亲的衣襟，跟她去河边洗衣。河水清清，照着母亲年轻而秀美的脸庞。只是瞬间的晕厥，便让母亲一头栽在河里。母亲黑亮亮的秀发，在水中像自由自在的水草一样散开。还是那只小手，还是那片衣襟，却再也撕拽不动母亲生命所承载的天空。我不敢想象这样的场景当时给君义先生幼小的心灵留下了怎样的伤痛。那双还无法分辨世事的眼睛啊，怎能忍心看着母亲的双眼永远合拢；那双还无法分辨是非的双耳啊，又怎能忍心放弃聆听母亲的心跳。正如他诗中所说，"刚发芽，便失去了土地"，而此后，这条"承载着无数悲伤"的顾家河，便成了君义先生的娘亲。每一次返乡，他总是像一只孤燕，凄凄地叫着，灰白色的羽毛被秋风撕扯，飘满整个河床。正是这特殊的人生苦难，构建了君义先生诗歌的表达力和张力，使他手中的笔，触及了别人无法触及的人类灵魂深处最柔软和最疼痛的部分。

君义先生写诗，出手异常快，同在一个诗群里，往往诗题刚发出来，他的诗就跟着贴出来；几乎每一首诗里，都有独属于自己的生动而鲜活的意象。几十年的语文教学经验及自身的勤学好读，使他运笔从容，韵律感及节奏感十足的同时，又将历史的深远与现实的情景融合。

君义先生的诗，恣意率真，洒脱奔放，像是一个在白茫茫的雪地里独自奔跑的雪孩子，孤单、纯粹而暗流涌动，让人根本无法相信这是已过天命之年的诗者所书。他始终在心底给自己留有一方诗歌的圣地，这既是对世上万物的敬畏之心，也是对自己的疼爱之意。

繁忙的工作，让君义先生只能利用一些碎片时间来写作，这本《我与明月对视》，应是他在职期间业余创作诗歌的一个阶段性总结和成果展示。凭着对君义先生的认识和了解，相信他绝不会就此止步。

期待退休之后的他，面对真正属于自己的生活，用火热的心和深情之眸，书写出一个全新的灿烂春天。

楚秀月（宝鸡市作家协会副秘书长）

2021 年 10 月 9 日于渭水岸边

目录

辑一　我以秋风为马

我以秋风为马…………………………………… 2

秋　雨………………………………………… 4

嵩山的雪……………………………………… 6

三月，嵩山的阳光…………………………… 8

在鹿鸣山庄…………………………………10

桃花红遍马峪川……………………………12

在箕山，我与许由有场约会………………15

嵩阳书院像跳到岸上的一尾鱼（组诗）…19

雨　水………………………………………24

春天，我和嵩山有个约定…………………27

抒情，因民族团结的圣火点燃……………29

乡间那条小路………………………………32

顾家河，我的母亲河………………………34

家乡的河流…………………………………38

发如雪………………………………………40

读　你·······················42

祖母的老花镜···············45

老　牛·······················47

春风里，我为你架一挂秋千···49

不要说及故乡···············51

等一场雪····················53

听说风要来··················55

远　方·······················57

暗　香·······················59

脚　印·······················61

窗　外·······················63

慢时光·······················65

晚　秋·······················68

黄　昏·······················69

辑二　我与明月对视

我与明月对视··················72

九十九只蝴蝶之后············74

醉在一杯红酒中···············76

如果尘世盛不下你的殇········78

今夜，月光叫醒了我的记忆···80

站在秋风里等你……………………82

月光是白花花的银子………………84

读你的一卷芳菲……………………86

月光下………………………………88

梦游江南……………………………90

与妻书………………………………92

我正赶来，带着两袖春光……………94

一些记忆像露珠滴进溪流……………96

待你俯身，润我干枯的花蕊…………98

坐在黄昏的岩石上……………… 100

远　行……………………………… 102

蝶…………………………………… 104

你的跫音如水…………………… 106

岁月给我一杯酒………………… 108

遥想着采菊东篱………………… 110

火　焰…………………………… 112

十月花开的理由………………… 114

你是我遥远的星辰……………… 116

青　瓷…………………………… 118

旷　野…………………………… 119

我驻足诗中，不思远方………… 121

我若为树………………………… 123

3

风吹过寂寞 ……………………………… 125

当我从你的世界路过 …………………… 126

多年以后 ………………………………… 128

寂静颂 …………………………………… 130

昨夜月光 ………………………………… 132

风过留痕 ………………………………… 134

提灯路上 ………………………………… 136

春天里，请你等我 ……………………… 138

竹　竿 …………………………………… 140

如果你是一座花园 ……………………… 141

辑三　我把子夜发酵

浮华背后 ………………………………… 146

挥霍或者虚度 …………………………… 148

冷眼抑或期待 …………………………… 150

明与暗 …………………………………… 152

狼与狮子 ………………………………… 154

沙　漠 …………………………………… 156

蠕　虫 …………………………………… 158

子夜没有诗叩响我的心扉 ……………… 159

兽与蛇 …………………………………… 161

审 判……………………………………… 163

冬夜，你的声音…………………………… 165

孤 独……………………………………… 167

飞往长春…………………………………… 169

丝 绸……………………………………… 171

嵩阳书院的大唐碑………………………… 173

周末，我参加了一场音乐朗诵会………… 175

春节只不过是一服中药…………………… 178

过 客……………………………………… 180

再见开封…………………………………… 182

舟自横……………………………………… 184

行走的痕迹………………………………… 186

寂寞的田埂………………………………… 188

边 缘……………………………………… 189

陶 片……………………………………… 191

于春天，我不想谈论死亡………………… 192

蛛 网……………………………………… 194

舞 台……………………………………… 196

稻草人……………………………………… 198

魔 象……………………………………… 200

空 白……………………………………… 202

朝 夕……………………………………… 204

轮 回·························· 205

老 杆·························· 206

关于诗························· 208

跋··························· 210

我以秋风为马

我以秋风为马

白云是我飘逸的衣袂

烈酒是我长铗之陆离

我以秋风为马

时而款款细步，于龙亭，于西湖

秋波涟涟，映照八百宫阙

时而长啸纵横，于边夷，于胡漠

飞沙走石，扫尽繁华千里

我从长满白发的诗经中穿过

秋水，伊人，沙洲，蒹葭

雎鸠关关起落时，杨柳枝头霜雪飞

我在崔嵬的楚辞间盘桓

离骚，九歌，天问，怀沙

洞庭波兮木叶下，汨罗滔滔洗浊泥

我卷来楚歌四面，溅起垓下碧血

风起兮，云飞兮，大汉兴起

茅屋破，是谁伴我，辗转流离，倚杖叹息

琼楼寒，是谁独歌，清影孑然，遥望婵娟

秋声起，是谁叹息，肃杀为心，山川寂寥

我以秋风为马，江山是我的美人

千年万年，败落与崛起

我都不离不弃

我以秋风为马，临碣石，观沧海

看啊，洪波涌起处

星河正灿烂，锦绣万里

秋 雨

不要把门扉紧掩
为了谢绝秋寒的造访
也隔远了这清秋的琴鸣
请把门扉打开，拥吻
这一袭素衣的雨声

她从莲花峰上飘来
闪动着嵩山的佛性
她从永泰寺的经声中飘来
带着娑罗树的花语
带着一溪禅音，一潭幽清

你要披着蓑衣登山吗

请带着太子晋的玉箫出行

当你从饮鹤池旁归来

发间的山菊

正沾着一滴秋露的澄明

2016.10.15

嵩山的雪

嵩山的雪，不似漠北，豪迈粗粝

彤云万里愁，画角一声寒

嵩山的雪，不似江南，百般羞涩

须焚香沐浴，须窗外三请

门扉轻启莲步缓移

嵩山的雪，不似宋词小令

就那么几句，不酣不醉

不烧心，不通透

似一杯淡酒

有着太多的婉约和清愁

嵩山的雪呀，有点直，有点憨

从不会抱琵琶，半遮面

不来，就是千呼万唤，绝不动心

若来，绝不忸怩作态

你看，昨日黎明依然清月似舟

今晨，它便拍马而来

过辕辕关峻极峰，至书院河九龙潭

仿佛喝了李白的美酒

下得那么有劲儿

仿佛佩了一把春风刀

轻轻一挥，便斩落万树桃花

2018.12.05

三月，嵩山的阳光

行走在三月的山野

阳光抚摸着我，温暖且柔软

我想用少女来比喻她

这样，山风便是她馨香的呼吸

而头顶的一抹白云便是她的秀发

此刻，我愿化身少年

我要乘着春风的翅膀

飞翔在嵩山的群峰之间

我要去采一枝最美的桃花

做她美丽的发簪，我还要

邀来白鸟黑雀为她歌唱

邀来卢崖的飞瀑为她弹起琴弦

当然，我还要捧一泓少林水库的波光
做她的明眸，我更要
折那水岸的几枝柔柳
做她长长的发辫

还有什么样的日子能让我这般陶醉
自以为，无论春风多急
我头上的雪已不会融化
无论春潮多么澎湃，长满苍苔的心
早已满布秋月般的佛念。今日
当我从漫长的冬天走来
当我从层层雾霾中走来
对于这般明媚的阳光
我的心里开始涌起久违的激情
我的诗中又有了少年时的狂欢
且罢，任那少林寺檐角上的铃铛声
响起又飘远。此刻
我要盘桓在三月的阳光下
拉着她的手，指点江山

在鹿鸣山庄

在没有鹿鸣的鹿鸣山庄

我淋了一场雨

这暮秋的雨

凋零了银杏的

渗透了无数阳光的叶子

还让五角枫哭得很疼

你看，那斜雨冷风里

飘满了无数的红彤彤的眼睛

深秋了，是的，是深秋了

窗外，雨打湿了我灰蒙蒙的眼

窗内，我的双手像孕妇

在键盘上分娩出无数僵死的分行文字

之后用心灵的毒药把它们浸泡成无菌的尸体

之后搁置在某一个网页做成的匣子

风干成木乃伊

雨声里，我想笑，真的

在没有鹿鸣的鹿鸣山庄

一群老者，或将要老者

在谈文学，在谈属于青春的诗

我坐在后排，环顾四周

想寻找一张少男少女的脸

想寻找一张二十岁的泛着光泽的脸

我看到的竟是那么多

光秃的、花白的、染成黑色的后脑勺

我想笑，因为和我的一模一样

窗外，秋雨很凉，秋风很凉

窗内，一首诗像红红的柿子

不，更像一盏红灯笼

挂在正起劲漫谈文学的老教授

灰白的胡须上

2016.11.07

桃花红遍马峪川

我是一匹老骥伏在槽枥

常以秋草自秣于三尺樊笼

时常咀嚼一些软词小令

喂养着不断肥胖的懈怠与困慵

有什么样的鼓点能振聋发聩

有什么样的长风

能让我踏燕而飞，振蹄驰骋

今日，四十五里的马峪川春风骀荡

今日，四十五里的桃花阵姹紫嫣红

今日，四十五里的山河馨香流淌

今日，四十五里的春野草木峥嵘

是谁在田间，把鹤发染翠，把童颜映红
是谁迷醉桃林，脱去矜持，洒一路歌声
是谁的一颗秋心被皴染得春意盎然
是谁家的燕子唧啾着衔来山溪叮咚

这里，碧血浸染过的土地化为世外桃源
这里，曾经贫瘠的山村青砖绿瓦柳绿花红
这里，钟声清越，唤我奋蹄扬鬃
这里，春和景明，唤我咴咴嘶鸣

此刻，激越的鼓点已在胸中澎湃
此刻，我要远离槽枥不再低吟浅唱
此刻，一匹老骥在春风里脱胎新生
请许我脱去缰辔，远离樊笼
请许我剪四十五里桃红做成最美的鞍配
请许我疾驰，乘着八千里春风

看啊——
山之北，杜甫长吟过的山河旧貌换新颜
山之西，李白高歌过的紫云巅春潮涌动
山之东，迎仙阁上翩飞的白鸽竞唱和平
山之南，马峪川的桃花宴正待四海宾朋

怎能不向往——
四十五里马峪川，四十五里桃花红
怎能不沉醉——
四十五里山河美，四十五里盛世颂

请许我从嵩山启程
我要飞往马峪川，飞上凤凰岭
我要畅饮这四十五里桃花酒
醉赏这蛹化蝶的新徐庄
高歌凤凰涅槃的新登封

在箕山，我与许由有场约会

北山横亘，我曾匍匐于孔子森严的坐像前
叩拜祈祷，为了书卷中一张宛然的玉颜
如今，北山依然巍峨，峻极于天
而凿天梯的钢钎，已钝，弃于悬崖
我曾于横渠中，踏上承载往圣绝学的小舟，漂泊
为了沧海弄潮，彰英雄本色
经年漂荡啊，落红无数
而小舟已破，所谓的沧海，依然遥远

后来，我把笼中鹦鹉学舌，当作天籁
把窗台上的盆土，当作沃野
而盆中吊兰，她瘦瘦的绿色
像一条绳子，把我走向远方的脚步羁绊

从此，尘霾，若纱布一团，堵塞了我的喉管

从此，少年时的凤鸣龙吟，击楫高歌

变异为今日胸腔中的块垒，吞吐难咽

鸢飞戾天者望峰息心

经纶世务者窥谷忘返

哪里有一座南山，让我归隐

哪里有一片密林，拥抱疲倦的身心

哪里有一轮明月，高挂心间

丁酉四月，有风自南来

自箕山吹来，自古槐遒劲的枝头吹来

槐花的香味，幽兰的香味，桐花的香味

自许由的衣袂间飘来

先贤飘逸的身影，在桑树枝头，在酸枣树间，盘桓

惠风和畅兮草木流香，箕顶平坦兮可卧其上

白云间，许由放歌，与鸟雀谐鸣

玉溪旁，许由垂钓，与童子共欢

登彼箕山，瞻望天下，山川丽崎，万物还普

四千年前，空谷足音，像一枚鱼钩

钓走我红尘中迟滞的脚步

我欲放浪形骸，箕山之巅

洗耳泉旁，迂回盘旋，披荆攀缘
许由拉着我的手，赏泉涌，闻溪淙，遥看瀑布飞溅
箕阴佳处，蝴蝶翩飞，乱花迷眼
许由拉着我的手，听龙啸，嗅花香，静观黄鹄翩翩
落轿台上，熊山盘踞，颍水迂缓
　许由拉着我的手，沐清风，操琴弦，坐观云舒云卷

嵩山南，颍水畔，箕山巅
以连绵的群峰为靠椅，以丰饶的田野为桌案
以四月的鲜花为佳肴，以弥眼的苍翠为美馔
来呀，诸君，天高地迥处，晚云流彩时
正可来一场前无古人的盛宴

来呀，许由，请你邀来巢父，伯夷，叔齐
相聚痛饮，欢歌达旦
来呀，李白，请你唤来岑夫子，丹丘生
举樽共觞，倒酒陪伴
来呀，诸君，山风吹衣袂，熊山意扬扬
挥瓢舀夕晖，痛饮十里香
来呀，喝酒，明月生嵩门，群壑已寂然

弥眼皆春色，正可醉千年

叹彼唐尧，独自愁苦。劳心九州，忧勤后土
谓余钦明，传禅易祖。我乐如何，盖不盼顾
明月之下，是谁，已经醉眠

嵩阳书院像跳到岸上的一尾鱼（组诗）

2016 年 12 月 10 日下午 4 点多，天气晴好，与家人一同游览嵩阳书院。东山万岁峰侧，有月如冰悬于碧空之下，掩映于树柯之间；而西山少室，夕阳欲坠，余晖如金线从书院旁的树林间透过，景色甚美，心中漾起几分欢喜。而院中游人寥寥，鸟雀声从柏树枝上传来，又增加了几分冷意。此处，乃读书圣地，我常来，而每每至此，俱感冷落。思周围寺院如少林寺、法王寺者香烟缭绕，游客如云，心中颇多慨叹。冬季日短，时至下午 5 点多，太阳落山，书院也随着天光的暗淡融入黄昏之中。写几首小诗以记之。

仪门前

下午 4 点多，仪门前人影疏落

高山仰止的肃穆感
被门口几个小贩的吆喝声冲淡

"门票，没票别进！"
让我想起了孔子的束脩之礼
语气却没有儒士的婉转

端坐太室山下
书院若老僧修禅

大唐碑

只不过是吃了孙道士几粒药丸
唐玄宗就要李林甫大动干戈树碑立传
虽说这大碑器宇轩昂
但怎配得上嵩山的巍峨庄严

一个偏信奸佞，怠政荒淫
一个心残似矛，言甘如醴
厚重的石碑，高若春云的书法
怎能擎起一个王朝延续千年

天宝年间的几阵马蹄

踏蔫了几多繁华

碑上雷击的残痕

诉说着一句颠扑不破的箴言

汉柏

也许是习惯了

刘彻武则天李隆基乾隆次第而来的喧哗

也许是见惯了

什么是先入为主，什么是皇家威严

纵使枝头乌鸦翩舞麻雀叽叽

古柏沉默成化石

躯干扭曲成四千五百年的经卷

先圣殿

殿内幽暗冷寂，森严的四壁

囚禁了孔子与弟子的脚步

"风乎舞雩，咏而归"成为往事

夕阳透过窗棂带着几分寒意
几尊雕像静穆地聆听着
余晖落地的声音

藏书楼

几卷发黄的线装书
寂寂地躺着，时间久了
早已骨质疏松

但我依稀听到书册里
关关雎鸠的吟诵声
白居易夜闻霓裳的悲叹声
范仲淹先天下之忧而忧的慨叹声
司马光的研墨声
程颢程颐兄弟的答辩声
回响在书院的上空
如金玉叩击魂灵

走出藏书楼，先人的目光
箭一般射在我的脊背

双溪河

无处观澜
石船搁浅于松涛声中
天光云影
化为叠石溪的残梦

双溪河已经枯去
书院像跳到岸上的一尾鱼

雨　水

如果说，二十四节气是一部雄浑宏大的交响乐
那么，春天便是乐章上最为瑰丽动人的乐章
而"雨水"便是这乐章上欢快的音符

"雨水——"
我呼唤一下你的名字
你便从春天的乐章中欢快地跳出
你迎着"立春"的手势
以东风之名，从迎仙阁高啄的檐牙上娉婷走来
你伸出磁性的手，将一只只风筝
拽到蓝天之上，与青鸟同嬉，与白云共舞
你看，迎仙广场上，少男们踏着青春的旋律
那追逐的脚步，那样铿锵有力，那样急促

你看，高台上，少女们伸展玉臂，拥抱着春风

梦想的白鸽正从心窝放飞

你看，峻极峰，眉黛如画，眼波渐趋朗润

书院河畔，几株斜柳，伸伸被风雪压弯的腰身

一丝嫩黄正从柔枝上吐露

"雨水——"

我呼唤一下你的名字

你便从广袤的江山中欢快地跃出

你以春雨之名，从东海与南海启程

你走来，沿着大雁北归的航线

沿着颍河弯曲的河床

房檐下，山林间

淅淅沥沥的声响是你醉美的跫音

白沙湖，少林水库

绽开的涟漪是你的笑靥漾漾

在你的召唤下

农民开始套犁，黄牛开始耕耘

中岳大地上正渲染出一幅颍水春耕图

你听，溪水在山涧呢喃

树根在山岩下开始茁壮

你听，晶莹的雨珠

溅落在莲花峰上哒哒作响

你听，潺湲的春水从五乳峰间流泻

少林河畔，青鸟正翩翩飞翔

"雨水——"

我呼唤一下你的名字

你便从天地之中五千年的灿烂历史溅出

你从大禹的脚印里走来，以"三过家门而不入"之名

你从古老的观星台走来，以日月盈昃之名

你从古老的易经中走来，以"泰卦"之名

你从少林寺走来，以一千五百年前

那场铺天盖地的红雪开始融化之名

你从嵩阳书院走来，以千年古柏枝头

那团团绿意之名……

"雨水——"

你走来，七十二峰，冰雪消融

你走来，中岳大地，三阳开泰

你走来，三千里江山，春暖花开

2017.02.16

春天，我和嵩山有个约定

叶子渐醒，柳枝摇翠
你晓得，春到了，燕子开始返程
那么，来呀
叫一行青天白鹭
唤两只啄泥青燕
去嵩山
剪一场春雨淅沥
赏一场花事蜂拥
九龙潭里柔波漾漾
千叶舒莲上喜鹊弄晴
衣袂染香，伴一涧清溪
去逍遥谷来一段逍遥旅程
你看，春风醉了山野

草木熏得翠涌

来，采一朵白云作陪

飘到紫云山顶

瞧一瞧岑夫子的海量

听一听丹丘生的酒令

趁李白赋诗高歌

且把他的金樽借来

咱把春天灌蒙

抒情，因民族团结的圣火点燃

你从广阔的草原赶来，带着

牧草的芬芳，骏马的风采

你从连绵的天山赶来，带着

胡杨的坚韧，雪莲花的洁白

你从青藏高原赶来，带着

雪山的晶莹，酥油茶的香醇

你从海南岛赶来，带着

椰子林的热风，大海的雄浑与豪迈

我的 56 位兄弟姐妹啊，你们

踏着民族团结的鼓点

踏着民族复兴的旋律

为了采集太阳的光芒

相聚于嵩山之南

相聚于古老的观星台

今日，嵩山伸出绿色的双臂
拥抱着每一位赶来的兄弟姐妹
今日，观星台
穿着芳草的裙裾，披着鲜花的彩带
以天地之中的名义，以大禹郭守敬的名义
以二十四节气的名义，以日月光辉的名义
欢迎天下宾朋相聚于告成，共同见证
第十一届少数民族传统体育运动会
火种采集仪式，这个庄严而神圣的时刻

难忘这一刻，2019 年 5 月 8 日上午 11 点
风起云散，阳光破云，圣火点燃
难忘这一刻，施一公先生高擎火炬
照亮了观星台，照亮了巍巍嵩山
难忘这一刻，海霞，这位令中原人民
无比骄傲的回族女儿，接过火炬
将网上传递的圣火也点燃
此刻，网上火炬，借吉祥物"中中"之手
在嵩山，在中原，在华夏广袤的时空之间
以闪电的速度传递！这一刻呀

这火种，这来自太阳的火焰
映红了代表 56 个民族的少年的笑脸
此刻，舞跳起来了，歌唱起来了；这象征着
幸福的光芒，团结的光芒，和平的光芒
像一阵温暖的电波在祖国各民族之间飞传

此刻呀——
我也是这盛大乐章中一个欢快的音符
我也是这欢乐之海中一朵飞溅的浪花
我也是太阳光芒引燃的一团热情的火焰
此刻呀——
我祈愿我们的大中原更出彩
我祈愿中华民族更团结
我祈愿每一位中国人
奋进新时代，幸福梦同圆

乡间那条小路

像一条灰蛇隐于草木
路旁，母亲的坟头还没返青
一个孩童从路上走过
像一只蚂蚁，胆怯卑微且孤独

春风把路旁的桃花点燃
但总有一些枝条干枯
一个少年在路上，踽踽独行
像一只羔羊，蹄印点点
却并非桃花般的音符

后来，一只陀螺
在城市的街道上旋转

疏远了蝴蝶，疏远了草木
雨后的红蜻蜓也许依然在飞
但那条小路早已荒芜

如今，那条小路
多像一条草绳久经风雨
不敢用力，不敢用力
只怕轻轻地一拽就断了，断了
就再也找不到路的尽头
那孔窑洞，那间老屋

顾家河，我的母亲河

顾家河是发源于父亲山的一条河
顾家河是我老家的河
顾家河是我的母亲河

那一年，我三岁
给孩儿洗衣的瘦弱的母亲
栽倒在浅浅的河水里
栽倒在澄明的河水里
栽倒在游动着无数麻虾青鱼的河水里
从此，娘亲的灵魂
便离开了尘世的艰辛，融化在河水里
从此，顾家河便成了我的娘亲

那年，三岁的我，看着

我年轻的母亲的秀发

在水里散开，像水草一样

在水里黑油油地自由地散开

娘亲的灵魂便成了水底

一条自由的鱼，一团摇曳的水草

一片白色的柔软的玲珑的沙

我看到娘亲缱绻的灵魂

在水里自由地飞

多少年

河坝边的野草泛绿的时候

河里的水细细地涓涓地流着

河坝边的麦田收割之后

河里的水泱泱地哗哗地流着

河坝边的玉米金黄的时候

河里的水缓缓地静静地流着

河坝边的瓦房上飘雪的时候

河里的水在冰下叮咚叮咚地流着

我看到了母亲安详的灵魂

在水里自由地飞

多少年

每当我像一只候鸟疲倦地飞来

我都会在河边的白杨树上盘旋

我都会啄一口澄清的水

洗涤我羽翼上的灰尘

我都会啄一嘴粗砾的沙

磨砺我已不再锋利的喙

顾家河，我的母亲河

每当我盘旋着离开树枝上的巢

我都会看到母亲的灵魂

在春风里在秋雨里

在月色下在日光中

缱绻地飞

今天，在这样一个清秋时节

当我像一只候鸟盘旋着归来

顾家河，我的母亲河

我却看不到流水从麦田旁潺湲地流过

我看不到白色的、青色的、金色的鱼儿

在水底飞翔

夜里，我看不到油油水草摇碎星光

也听不到清脆的蛙鸣是怎样叫醒黎明和太阳

只看到萋萋的荒草散乱的石头干涸的河床

顾家河，我的母亲河

我看不到了娘亲洗衣的背影

我只看到了我年轻的娘亲

盘桓在河道上空

灵魂渐渐枯黄

顾家河，我的母亲河啊

我是一只候鸟，我是一只春天里

从你的屋檐下飞出的青燕

今天，在清秋中归来

我凄凄地鸣叫着

灰白色的羽毛被秋风撕碎

飘满河床

2016.09.09　上午

家乡的河流

母亲，自从那阵冰冷的夏风
将您吹进家乡的河流
三岁的我，刚发芽，便失去了土地
自此，一叶浮萍，随波飘摇
自此，天空总是淅淅沥沥

一株芦苇被风折断，沉在河底
而我，是这株芦苇身上，被风
撕下来的一片枯黄的叶子
在岁月的河流上，漂泊无依

乌云散去，在有日光和月光的日子
我想用一些绚丽的字眼

来形容您三十六岁的年华

想用一些温暖的词语，来慰藉

雨季中，我曾瑟瑟的灵魂

母亲啊，我多想

有一树桃花，临河盛开

有翠绿的青荇，婷婷的荷花

烂漫成您青春的模样

可是，一想到您，天空就下起了雪

这些斑斓的意象就躲在冰雪之下

从不发芽

多少年了，这条承载着

我无数悲伤的河流

如一条蜿蜒的冰冷的水蛇

无论我漂泊到哪里

都钻进我心，不曾离开

哦，这条被我深情地

唤作母亲的河流

发如雪

父亲，你的青丝，曾经
比呼伦贝尔草原的牧草还茂盛
后来，你把草原的青色分作三份
一份用作养牛
一份用作思念
一份给了儿女

老牛蹄子下的土地肥沃得流油的时候
青色减少了三分之一
母亲坟头上野草离离的时候
青色又减少三分之一
蒲公英的种子在草原上飘飞、扎根的时候
那一簇青草，终被岁月的风沙杀死

所有的青色渐变成一抹回忆

那个世纪，你生活在漫长的冬季
天很冷，云很重
雪从天上落下来，落下来
落到你的头顶
凝成冰霜，永不消融

父亲，我在城市的一个角落
每每想到这样的情景
无论是春天，还是夏天
寒风就会裹挟着冰雪
从老家的土崖上涌来
再暖都暖不化

2017.05.17

读 你

你曾读我，如溪
盼我归入苍茫的大海
你曾读我，如树
盼我风雨飘摇中长成栋梁
你曾读我，如火
盼望风助火势把黑夜燃烧

我母亲般的父亲，我兄长般的父亲
我野草般的父亲，我泥土般的父亲
二十年前你归于寂然的世界
离开你三十年的母亲再次将你依偎
父亲，那时，我还是
一条没有浪花的小溪

依然流淌在黑暗的河床
一株没有长大的树苗
依然承受着寒风的冷嘲冰雪的嬉笑
一根潮湿的火柴
依然无法将风雨如磐的子夜燃烧

父亲，二十年过去了，今天
我的白发和您一样雪白
我的双腿和您一样疼痛
我读着我的儿女和您一样
像小溪，像小树，像火种
却无法与你盘腿而坐
说老牛，说庄稼，说春光
我只能徘徊在子夜的星光下
读你深深皱纹里堆积着的沧桑
读你深井般的目光里暗生的青苔
读你悲泣声中泛滥着的绝望
读你古铜色的皮肤里蕴藏着的阳光

父亲，今夜，我写了一首诗
只是，盼望着你读一下
你修过的河道，清水漾漾

你耕耘过的土地，庄稼苗壮
你栽下的树苗已绿树成荫
你走过的泥泞路已变得康庄

2017.05.13　黎明

祖母的老花镜

祖母在少女时代一定很美，在我记得她时

她已经很老了，但面容依然皎白，像满月

戴着老花镜，看上去，很清秀很温暖

她年轻时，也一定有颗辽远的心

我记得，她常在幽静的夜晚

待月亮升起星星眨眼，世间万物归于宁静

鸡牛猪狗都在窝里酣眠

锅碗瓢勺都在灶屋歇息

就给我开讲，或者更像自言自语

"很久很久以前，在很远很远的地方"

然后，取掉老花镜，摁摁自己虚肿的小脚

陷入沉思。她知道自己去不了远方

所以，常常戴上老花镜，把针眼放大

把针脚缩小，把鞋底纳得结结实实

尔后，把儿孙放大，送到山那边的远方

尔后，把自己缩小成一种眺望的姿势

缩小成矮小的背影，最终，缩小成一座小小的

坟茔，缩小成躺在抽屉里的一挂老花镜

2017.10.30

老 牛

说起嵩山之南的家乡
总让我想起颍水春耕里的主角

白云下，黄牛驮着布谷鸟的嘱托低头犁地
黄土上，父亲扛着一家老少的希望俯首耕耘

贫瘠的土地肥沃得流油时，黄牛，老了
荒芜的田野长出茂盛的庄稼时，父亲，老了

那年盛夏，老黄牛，累倒在地堰上
我看到它死亡前眼睛里盈满泪水

那年初秋，老父亲，沉睡在老屋的木床上

我尚在外打拼，没能看到他睡着前眼角的泪

麦浪滚滚，那一座土坟掩映在麦穗间
多像老黄牛宽阔结实的脊背

秫秆满地，那一堆黄土隆起在田野间
多像老父亲拱起古铜色的脊梁

多少年了，春风送来牛哞
总把山野叫醒

多少年了，秋雨绵绵
心中那耕耘的背影从不沉睡

2017.03.24

春风里，我为你架一挂秋千

河冰解冻，春风从山上刮来
在青瓦土坯墙的背景里
在两棵遒劲的槐树之间
你为我架一挂秋千

你用最粗壮的檩条做横木
你用最结实的麻绳做荡绳
你用最平整的木块做蹬板
你还在秋千下铺上厚厚的麦秸
然后端上丰美的供食
点燃三炷香
磕上三个响头
放三响大炮

再放一挂万字头的长鞭
祈求平安的祭祀仪式完毕
你把我抱到秋千上
你用最大的气力推我的背
这样，我就长上了翅膀
这样，我就能像鹏鸟一样飞翔

"飞呀，孩子
你看到蓝天了吗
你看到星辰了吗
你看到月亮了吗
你看到远山了吗……"

农历腊月三十，乙未年的最后一天
站在坍圮的故居前
站在大槐树下
站在麦秸垛旁
我想起了为我架秋千的父亲

父亲啊，我多想在春风里
也为您架一挂秋千

2017.03.28

50

不要说及故乡

大过年的，在异乡
咱们哥几个围在一起喝酒
要喝，咱就喝得热热闹闹
要喝，咱就喝个一醉方休
但要有个规矩，今夜
酒场上，可以畅谈奇思妙想
但绝不允许说及故乡
知道吗，故乡
一提，架子车的轱轮就会轧得俺心口渗血
一提，犁铧就会从黄土里翻出流泪的心脏
更不允许说起老娘

娘啊，外边雪大

我们迷路了
回不去

等一场雪

寒风凛冽，为什么你无所畏惧

乌云密布，为什么你的内心

竟荡起阵阵狂喜

啊！逶迤的远山开始以静穆之姿等待

茂密的森林举起枝的手臂

黄昏唤醒万家灯光

子夜又凋零了温暖的窗台

你依然站在高楼上眺望

心中涌动着烂漫的希冀

啊！碧湖微澜酽酽地睡了

山溪屏住了琴声般的呼吸

嫦娥正提着花篮采集云朵

你已嗅到潮湿气息混合着梅花香味

啊！无言的激动开始弥漫

你颤抖着

裁一缕天光为毫

蘸一点梅红为墨

只为等待

一张素颜莲花般盛开

一袭娇媚翩然于阡陌纵横的大地

2016.12.04　晨光中

听说风要来

听说，风要来
我心头的那片云一下子就散了

云散了，空旷的心
就飞出一只黄鹂，两只喜鹊，三只蜜蜂
去迎接油菜花的金黄
以及炊烟中葱花烙馍的清香
云散了，心尖上
就长出了一棵柳树，郁郁葱葱
比母亲坟头的那棵还要高

哦，一只青燕，正剪了
一枝青翠，一溪流水，一汪蛙鸣

盘旋着，从柳梢飞过
憩息在老家的屋檐下
呢喃着春光，夏雨，秋风

"山高路远，风要走好远的路呢"
在异乡的楼台上，企足鹤望
风不来，我心头上的云
又加重了一层

远　方

我的目光以及灵魂曾被远方攫取

缥缈的青山，汹涌的大海

无涯的草原以及辽阔的沙漠

在少年的心尖上站起来，长成一面旗帜

而闪烁的霓虹，高插云霄的楼台

甚至在庙堂之上挥斥方遒的臆想

像深埋于地壳的岩浆

奔涌冲突，不可遏止

于是，为了离开山沟

为了掩饰农民的身份，我努力

用试卷的白去掩盖泥土的黑

用皮鞋的锃亮去取代布鞋的灰

用西装的洋气去取代粗布对襟的俗

用轿车张狂的喇叭声去取代单调的牛哞

如今，我在远方的街头踟蹰

想寻找那条离开的土路

想寻找溪水里蝌蚪的黑影

想寻找村头的一树青杏

想寻找炊烟里母亲的叹息

想寻找老井里父亲打水的倒影

竟比少年时的远方更远

暗 香

不说春天，碧色玫瑰的传说

在嵩山的草木间

像一线暗溪叮咚着芬芳

不说夏夜，一朵昙花

为那些不眠的诗人

抛出寂寥的媚眼

不说秋桂，将馨香团成米粒

去喂养中秋月下

那些望眼欲穿的伊人

在这雾霾深锁的黎明

我独坐书房，一些灵魂

从蒹葭丛中，从汨罗江畔

从胡漠边塞，从贺兰山阙

从立雪亭旁，从橘子洲头

散着暗香向我扑来

我嗅着，觉得他们

都是长在敬亭山上的绝句

而山下，雪正急

脚 印

尘世陡峭
我非麻雀，也非鲲鹏
只好用双脚前行

不知道从尘世到天堂
山有多高，路有多长
仰脸眺望，父亲正踩着祖父的脚印
向上攀登
他们早已过世，为什么
我依然看到跋涉的身影

路上不止先人的脚印
桃花正炫于悬崖

白狐的爪印正隐匿于山林
我却时常唤来冰雪
把从胸腔中爬出的蛇冻僵
只把脚印踩正

山高路远，子孙尚在山下
我须循着台阶上的脚印继续攀登

窗 外

木窗外曾是一条青石小街
街道窄窄，流动着世俗的光影

对面的房坡，瓦松离离
房檐下，王婶家卤肉烧饼店的生意
做得贼旺。一声甜美的吆喝
半条街的孩子都变成馋嘴的老鹰
门口，靠墙的桑杈、木锨是季节的缩影

农闲时节，窗外，有几声鞭炮传来
邻居家的女孩出嫁了
一声唢呐，一台花轿，几阵喧哗
娶亲队伍消失于十月的秋风

雨雪霏霏，窗户下的石臼处
碎花对襟袄的女人向着小街尽头眺望
已是腊月底了呀，那满怀的心思几人能懂
黑棉袄的汉子提着几副中药匆匆走来
纸盒的颜色多像祖母蜡黄的面孔

逝者如斯，玻璃窗外
高楼遮住了空中流动的白云
那曾经的木窗消融于历史的瞳孔

慢时光

1

待岁月被秋风打包，我
已不着急后山上的柿子
是否青涩。我知道它总会红的
就像夕阳的颜色

也不再急于赶路，虽然
山外的风景很美，而我更愿俯身
去抚摸每一株低垂的谷穗
去静听田埂下水声流淌出的寂寞

2

待大雁开始用白云擦拭眼睛
我不再捡拾跌落于地的悲鸣
一些别离已成为必然
我只驻足凝目那远去的背影

还有什么样的怅惘
能够敲响痛苦的钹声
雁去了，晚霞满天
我只待月出东山
用丝绸般的月光包裹心灵

3

待蟋蟀的鸣叫牵来夜雨
我只愿躺在竹椅上静听屋檐滴水
去参悟这禅韵里的一些旧事
比如门槛前那双眺望的眼睛
比如泥泞的土路上那排脚印

也许，眼角会流出几滴清泪

但我不会号啕，我明白

泪洗过的眼珠早把夜色看清

在这尘世，谁都无力阻挡

一堵老墙坍圮，一枚叶子凋零

谁也无力阻挡

一粒种子在黑暗中新生

4

且把蛩音和夜雨

当作催眠的夜曲

我在夜里悄然睡去

我又在黎明的鸟鸣声中安然睡醒

晚　秋

读一声"晚——"
便听到日子跌落荒野的声音
比山寺的钟声沉
比南飞雁的叫声苍凉

读一声"秋——"
寒意倏然而来，汗毛陡然竖立
暮色开始笼罩远山
秋风很硬，却托举不动夕阳

我读一声"晚秋呀——"
便见木叶惊落于地
树一下子瘦了，山一下子寒了
而骨缝中的针开始穿透皮囊

黄　昏

黄昏被寒风咬碎
多少往事都瘦成了白发

此刻，再说你的桃花我的潭水
归巢的麻雀都会哑然失笑

你说，趁夜色未临
我们一同俯身捡拾几枚遗落的果实

晚风捎来的雪却用虚胖的肚腩
把大地全部装下
我只好用沉默
倾诉酸甜

我与明月对视

我与明月对视

我非太白昌龄，无须瞻顾夜郎
从不向往仙界，何须羽衣霓裳
素华涤去心尘，夜风送来清香
宁静之夜，我与明月对视
身体中有流水静静流淌

潮汐已经退却，湖面泛着玉光
还有什么样的时光能够如此醉人
不必横槊，何须兰桨
且乘一轮皎月
在空明的寰宇中徜徉

秋霜是凝结的梵音

桂露是清明的念想

闲倚栏杆，远目遥岑

莫道蝉声止息了，在月光深处

但听蟋蟀浅唱

九十九只蝴蝶之后

在我的意念里，一百才是完美的
因此，在飞来九十九只蝴蝶之后
我站在暮色中的樗树下
继续等待那最后的一只

夜至。庄子在树的影子里轻歌
"蝶是我，我是蝶
欲等蝶，先等我。"
我凝目天宇。一只蝶
在月光里翩然

心空若月，蝶自飞来
于是，我不再细数九十九只蝴蝶

也不再等待那最后一只

夜色下，携手庄周，即刻圆满

2016.05.24

醉在一杯红酒中

我无意放大夜色的魅
也不想在太白楼里醉意蒙眬
我只想把文字把玩成佛珠
在喧嚣的尘世让心皈依禅境

你却在湖畔叫醒睡莲
还叫来了李白杜甫陶渊明
又邀我携着月光
共饮红酒一瓶

罢了，暂且将诗经放下
把月色当作下酒的凉菜
与你一道发蒙

不经意，一颗心掉进酒杯

就像莲子丢进泥中

2016.06.21

如果尘世盛不下你的殇

如果尘世盛不下你的殇

如果流泪的芳菲黯淡了秋雨

如果蟋蟀的歌声勾起了你的思念

如果合欢树已在四合院里老去

那就请你躲进高脚杯里

当你躲进高脚杯里

一杯酒就酥软了厚重的岸堤

决口就决口吧，我知道

你骨质疏松的心

早已盛不下五月的灼热

早已盛不下九月的秋意

也请你站在桂树下

对着皎洁的明月痛饮

当烈火把胸膛燃烧

这老白干燃起的烈焰

会蒸腾岁月中沉积的殇

这些淤积的悲叹

也会随着月光散去

我知道，你醒后

即使发现一只蝉

静躺在黎明的寒露中死去

一朵青莲却会沐着月光

在清明的心界亭亭玉立

2016.09.13

今夜，月光叫醒了我的记忆

日子像一把土铲，把人生
一点一点地掩埋，与落叶一道
沤在时光的深坑里

比如，老梨树下小脚的祖母磕头的背影
比如，祖父赶集归来捎给我的烧饼的香味
比如，天凉时伯母送给我的一件粗布上衣
比如，土崖下父母的坟头，草叶上悬挂的露滴
甚至，黄鹂唤来的春花，北风捎来的夏雨
甚至，玄鸟南归的飞影，雪地上
黄鼠狼留下的细碎爪迹

今夜，中秋月从嵩山坳里缓缓升起

这皎洁的月光伴着秋风从树的梢头走来
她沙沙的脚步声叫醒了我的
抑或甜蜜抑或悲伤的记忆

这些记忆呀，从深坑中溢出
多么像颍河滩上的蘑菇
在白杨树根上一簇簇地绽放
多么像老家河边白了头的苇子林
汹涌着一些惊恐，一些神秘

2016.09.14

站在秋风里等你

我知道，秋风会打落碧叶
寒云会捎来秋雨
枫树会把叶子哭红
枝头的红柿子会坠落成泥

我知道，你渐走渐远的身影
会消逝在老巷的尽头
那曾经在我心上徘徊许久的跫音
也会消逝在梧桐的枯叶里

但我依然会站在秋风中
等你，我知道秋风的凉
会穿透你的心扉

我早已温一壶老酒
等待对饮的你

我知道，秋风会捎来秋雨
打湿你的长裙，你也许不知道
我早已备好了一件蓑衣
在那暮霭中等待归来的你

你知道吗，桥头
有一朵蓝菊花默默无语

2016.10.10

月光是白花花的银子

旅途迢遥，越走

飘着炊烟的茅屋越远

当父母的背影成为诗中意象

一些温暖的情节

终被断肠的句子掩埋

谁道红尘迷人眼，可我

依然喜欢用故乡的色调

去装裱皮囊，比如

当五花马和千金裘被李白赊掉之后

我时常向夜空借一捧月色

权作白花花的银子

在子规鸟的啼声里

买一服当归

医治失眠，这种经年顽疾

读你的一卷芳菲

读你一帘藤蔓，摇曳的叶子
携着阳光与东风放纵
那闪光的跫音
勾起与你私奔的诗意

读你出逃的灵魂
在桃花源的幽香中沉迷
缱绻的三月心
漾起层层涟漪

读你的春色还在歌喉里战栗
怎么也拉不回时光的单程足迹
哦，那长在脚印里的桃子

熟了，谁弃之不采
谁剪一缕月光，独自远去

读你虚拟的欢爱在白发上凋零
一枚童话陨落在离雁的哀声里
你从秋霜里捡起曾经的纯真
镶进高高的诗阁
任岁月的积尘落下又飘去

黎明之蝶休憩在东山的花蕊里
我为你的一卷芬芳沉迷

2016.11.10

月光下

夜夜静看老梨树的倒影
由长变短，由短变长
夜夜静听檐下的青燕
从呢喃中醒来
又呢喃着进入梦乡

犹记春天满院梨花清香
嗡嗡叫着的蜂群把蜜酝酿
如今枯叶满地，涩涩风声
吞咽了几多繁华时光

月刃如凿，高悬在枝头的春梦
竟被刻镂成老梨树皮的模样

被青燕啄来的时光之屑
洒落在地，洒落在地
竟变成我满头白霜

是怎样一种蚀骨的怅惘
无力的手拉不回离燕鸣唱
满院寂寞了无声息地漾开
化为一空月色
打湿谁的脸庞

2016.11.29 晨于武汉

梦游江南

是谁赐你这般柔软的笔触
绣出江南弱柳细雨
是谁赐你这般温暖的语言
绽放出梦一般的周庄

青石板的万山街
盛开出油纸伞的倩影
斜阳一抹，骑楼仄仄
绾结着江南女子的惆怅

富安桥上拥挤着富安的念想
汤汤水流流淌着锦绣般的渴望
扁舟一叶载着小调与暮色

繁华与沧桑在一声咏叹里拉长

今晚，在文字酿成的红酒里
有一朵诗花已醉，若能
我愿裁一段文字为舟
我愿裁一缕月华为桨

唤白狐为伴，携两个书童前往
我们就从梦里启程
再游一游诗一般的江南
再赏一赏梦一样的周庄

2017.01.14

与妻书

在没有烟花的春节

我们盛开烟花般的心思

我们将心思在一朵玫瑰里安放

想象着花香，想象着鸟语

想象着在花帏中饮红酒一杯

想象着在酒香里吟诗

想象着临窗赏梅

想象着站在峻极峰顶

看那流星雨粲然开放

如若流星散去

依然有星月在天幕上低语

那么，我们就乘一缕清风

去赴银河岸边的约会

在最爱的年华

读一朵桃花的浪漫

读一朵莲花的心语

如果我们老去

就去蓬莱仙岛修行

听朵朵晚霞

诉说曾经的华年

听沧海浪花

倾吐锦绣般的传奇

我们就这样沉醉

沉醉在没有烟花的春节里

2017.01.20　下午

我正赶来，带着两袖春光

曾经，多少次彳亍冬夜街头
路灯恰似我的眼，昏黄且迷茫
有谁知道雪的心思
被踩在脚下，正咯吱咯吱发出声响
今天，是谁唤醒了满树的花蕾
又是谁在遥远的山头召唤
且带着山花的馨香

请你不要匆遽地离去
也不要站在山头眺望
风太急，会凋零你杜鹃花般的呼吸
请你等我，暂住桃花坞里
那里恰有旖旎的风光

你听到鼓点般的脚步声了吗
是我正从干涸的沙漠走来
带着温暖的呼吸，带着黎明的光亮
请你等我，请你的眼睛像花蕊般绽放
我正扇动着阳光的翅膀赶来
你听，山径仄仄，跫音紧促
惊得白鸟飞翔

哦，你切莫乘着白鸟而去
我正赶来，带着满袖春光

2017.02.09

一些记忆像露珠滴进溪流

那澎湃的涛声，击碎肋骨的冲动
那幻觉中的欢爱，臆想中的巅峰
都沉凝于秋风中的一粒露珠
滴进潺湲而去的溪流，了无声息

怎能忘怀篝火燃烧的深夜
诗的火把照彻黑暗
因了荷香的引领，蜗牛
敏感的触须翻开荷的花瓣
品味清香。甚而
企图将整个生命
融入这别样的生动

最是一湖秋波的温柔

媚倒如画青山。春风一袭

唤醒河谷沉默经年的竹笋

破土而出，葳蕤成万顷春光

醉了，这无以为喻的江山

我只好以瀑布的轰响，回应

已经干枯，飞流死于岁月的长风

只留下黑青的印痕，铭于悬崖

秋波凝成白霜，高悬月亮之上

心中刮起的秋风

早已吹落了悬于草尖的露珠

它滴进潺湲而去的溪流

最终，了无声息

为什么，在这个春天

记忆又像惊蛰后的百虫

2017.03.07　晨

待你俯身，润我干枯的花蕊

青春期的星光早已被秋风刮走
沙尘暴下的骨骼疏松成疼痛
暮色中的生命，心比子夜还黑

是什么时候，你开始站在秋风中等待
像皎洁的月光，照亮我子夜心扉
一些意念，便开始无端发酵
若中了蛊毒，迷离沉醉

你的笑声成瀑
我的心便发酵成瀑上飞溅的浪花
你的明眸是湖
我的眼便化成湖中的金鱼一尾

你的眼泪是一滴秋露

我便是石岩上的一株瘦菊

只待你俯身

润我干枯的花蕊

如果你是月牙泉里的一汪春水

我是那岸上涌动的沙漠

止步于你的明媚

如果有狂风推动我的脚步

请原谅，每走一步

不是毁灭，而是靠近你

靠近你翡翠般的胸怀

坐在黄昏的岩石上

坐在黄昏的岩石上
天空是一幅浓艳的油画
蝴蝶与蜜蜂翕动着翅膀
桃花与莲花的影子晃动着流年的光影

画面上还点缀着几朵红梅
花瓣的颜色像春天热血奔涌
油画的底层，深幽的蓝
凝聚着无垠的沉静

晚风，以松涛的方式涌进耳膜
天边，一缕白云飘着
它多像杨柳岸

我想赠予你的白纱
却被莫名的冷风卷入月宫

山风更急了一些，渐渐卷起画卷
最后一只苍鹰鸣叫着
把心叼在夜空
远方，红墙绿瓦的山寺
梵音朦胧

远　行

旅程还没到尽头
泥泞和荆棘算不了什么
而你的痛苦在于
暮色已开始蔓延，洒下的汗滴
却没能长出一片绿意，前方
沙漠比暗生的孤独还苍凉

白天终于落幕
夜空冥远，星辰闪烁
你跋涉于银河岸边
用北斗舀起一勺涛声
浇灌梦里的种子

于是，在最深的夜
一些念想像藤蔓
攀缘着白发般的月光
继续远行

2017.06.25

蝶

当你如蝶，乘着秋风飞入我的眼眸
我温柔的触须，便开始
阅读你翩然的舞步
你瀑布的光泽溅起秋水两汪
甚至，比阳光还热烈

你月光般的微笑，直达我心时
一朵花，在秋天悄然盛放
我甘愿是一只蜗牛
以缓慢的脚步丈量你的风景
且把你的花香，收藏壳中

孰料，从沙漠中淬出的诗句

带着火焰山的温度

秋野中，一团火开始炽炽燃烧

来不及躲藏，那背了半世纪的

重壳，瞬间烧毁

我知道，读你的时候

秋色正映照着金戈铁马的诗行

很温暖，也很短暂

"好珍惜呀！"满头白发

发出一声叹息，在黄昏的风中回荡

你的跫音如水

秋风如刀，刀锋上
寒色深入骨髓。头顶
从骨缝中渗出的白霜
已将春天冰封
谁敲响的钟磬，还能为
光阴深处的那朵落红招魂

你却从楼兰古城走来
带着高山雪莲的皎洁
你从西域沙漠走来
带着八千里路的月光

待你的跫音在秋意正酽的斯夜

如水漫来，心中夯筑的九雉城隅
轰然坍塌。我秋天的
护城河边，你却如一株桃树
正灼灼其华

岁月给我一杯酒

我体质过敏，少饮辄醉
醉了，就会像白蛇喝了雄黄酒露出原形
因此，提及酒，我总有些胆怯
仿佛被蛇咬后，夜行的路上看到一根草绳

只是，岁月的风雨
总会在我的体内注入风寒
而烈酒的火焰是何等温暖诱人
于是，一种蛊惑总会从躯壳里出游
借酒香之舌舔吻枯萎的灵魂

觥筹交错，推杯换盏时
一些念想雄起

惊雷和闪电算得了什么

无须煮酒

老子便是横槊赋诗的枭雄

而夜深阒寂时，一杯酒

也会将压在身上的巨石掀翻

一些孤独和悲伤会从骨髓深处汩汩流出

更多的时候，月下独酌

我只是想脱去尘世赋予我的一层外壳

比如强颜欢笑，比如

一条蛇蜷曲出的温顺

岁月如酒啊，我端着这杯酒

走在尘世间，如履薄冰

遥想着采菊东篱

南山何在，东篱不存
烈焰中锤炼出的锄头
早已在记忆中生锈，如今
我的锄头是键盘
网络，是我的田野

多少年了，我把
或冷或热或黑或白的种子
从心里掏出，播种在长短句中
于是，有蠕虫从朽木里爬出
有罂粟花以蛊惑之香从暗角飘来
也有一些蝴蝶在虚拟的田园翩然起舞

多少年了，脚步匆匆
我一直在现实与虚拟中穿越
丛生的意象在路边招摇
却距南山越来越远

今日，秋风正紧
我只好遥想着采菊东篱

火 焰

我藏于虚空，以闪电现形
如果你唤来乌云，且响起雷声

我凝于草木，可以燎原
如果你能点燃，且扬起大风

我深埋于地壳，有着数万年的等待
如果你能举起铁镐，且不停地挖掘

我隐身于沉重的石头
如果你敢于撞击，且发出隆隆的轰鸣

我隐身于一朵红色的玫瑰

如果你用春水浇灌

现在，我的心脏正激烈地跳动
那是火焰燃烧的前奏
如果，如果你能将绯红的面颊
贴在我的胸前，且静静地倾听

十月花开的理由

十月，暗香氤氲
听得见桂花溅落在空气中
米粒般的叹息

伫立秋岸，风撩起旧衫
却撩不起心中微澜
雨季已去，河床欲涸
曾经波涛汹涌的心
如落红随波逐流

此时，夕阳正以秋云为帕
缓缓地，将涂在树木高楼
以及山头上的胭脂拭去

已经十月了，若不为

站在秋风里痴等诗的跫音

若不是，你站在迢遥的彼岸深情注目

在这样的黄昏，还有什么能成为

我心中，依然有一朵花

静寂开放的理由

2017.12.30

你是我遥远的星辰

秋风乍起，云来星隐
像草衰，有多少葱郁枯萎
像叶落，有多少翡翠飘零
自从绚烂的日子溅落星河
我不再遐思，不再眺望
只愿怀着寂然远去的孤独
像一匹老马，走向黄昏
即使孤旅孑孑，细碎的蹄声
若雨打梧桐

是谁从白霜隐隐的寒路上走来
是谁婉转的歌喉胜过天籁
一曲秋风吟，你

竟以诗为鞭，将一匹老马抽醒
风逐云散，天宇澄明
当你以一轮皎洁之月高悬夜空
我便扬鬃振蹄，向天而鸣

三秋寒，你送我春风十里
孤旅暗，你照我百丈光明
风急蹄疾，千里奔驰
桃花的馨香在山水间轻飏
秋色为羽，月光为翼
我以白云为鞍飞翔太白山顶
犹记，风烈烈高歌把酒
难忘，山峨峨赋诗临风
快哉，激扬文字八千首
美哉，高山流水春秋同

美酒暖心终会竭，夜光杯寒自伶仃
老骥凝目，黄昏之后的夜色很深
瘦影彳亍，星光之下的旅途更冷
即使这样，也要慢慢远去
即使路上孤寂如霜，我也知道
你终若遥远的星辰
会照耀我疲惫的嘶鸣

青　瓷

是黄泥化蝶，是无声沉吟
以静冷的妩媚诱魄
以若谷的虚怀蛊心

不言倾国，不言倾城
怕每一次倾覆
都会让人沉沦

那就倾心吧，静然凝视——
像月光之于白荷
像清风之于柔波

这般沉醉
又是这般销魂

旷　野

独行旷野，迷了行踪
只见雪闹，只见梅红
罢了，不再思旷野尽头万千旖旎
且享这片刻温柔，想象着春风急
清溪潺湲，梅艳雪融

何须穿越大半个中国
一念间，春色无限
纵有三千素笺
也难绘这一刻千娇百媚生
所谓八千里路霜雪
都融化成千尺桃花潭
润得寒山草青

此刻，不念塞北鹰衔日落

不思江南莺唱花明

我把万里旷野卷入怀中

只愿骑白马一匹踏雪嗅梅

有清月一弯映我马蹄声声

我驻足诗中，不思远方

远方不可抵达
黄昏已经临近
大野之上，野雉已归隐山林
还有什么能唤醒黑鸢的翅膀
况且尘世祥和
还有什么样的烽火
能够点燃烈士的雄心

请许我驻杖渭水
放下垂钓的渔具
静观这夕阳之下的波光
恰若伊人的清眸让人迷醉
最好，也让我像一只倦鸟

憩于柳丫上的旧巢，这

多像一个标点

在一首诗中停顿

我若为树

我若为树，不愿站在高山之巅

披第一缕朝霞迎第一缕月辉

不愿依壁而立

像高傲的迎客松把赞美赚取

我若为树，只愿隐于山坳

看松鼠如何啄食松果

纤细的牵牛花

如何在傍晚与黎明中明灭着孤寂

我愿听绿色的涛声在重峦间徘徊

蓝尾鹊在窠巢里喁喁私语

我若为树，当然知道有一天

终将被伐木者砍倒，那么
就让我顺流而下吧，漂到山脚下
庙宇旁，任工匠削枝打磨
锯刨凿挖，取直去曲。我只愿
做大殿外檐上的一根檩一根椽
去静默地聆听
晨钟暮鼓，庄严的诵经声
回荡在深深的山林里

如果一阵风吹来一片云一阵寒意
冰雪覆盖了森林河流与广袤的土地
如果那些翱翔的鸟儿无家可归无枝可依
那么就请它们飞到屋檐下，躲进椽眼内
我愿为巢，为它们遮风挡雨

2016.09.18

风吹过寂寞

空山无人，桃花自开
风从西北的幽谷中吹来
吹来，任凭落红
皴染出一片妩媚的忧伤
谷中，那块兀立的石头
不动声色

这样的场景多像一种比喻
就如同你独自踏春经过身旁
而我习惯了荒芜，只把你
当作一朵寂静中的花朵
允许来到，允许离开
静观怒放，静观凋败

当我从你的世界路过

隐逸，披一件黑衣行于夜色

自以为，心霜千重

即使这世界十色闪烁也不再目迷

即使这人间万般繁华也不再心动

自以为，心已冷却为秋风中的寒石

而炉中煤也早已燃成灰烬

偶有澎湃也是渐行渐远的回音

孰知，你的世界竟是春风十里

当我从迢迢的山路走来

河边，桃花正艳

而柳丝正撩着水的涟漪

什么样的力量竟如此有力

当我路过，披在身上的铠甲

竟薄如苔藓，而那些经年未开的

门扉，竟是虚掩

多年以后

多年以后，不用揣想
我已经很老了，白发银须像一个老僧
得道与否只是一个虚假的命题
暮色沉沉，秋风凉凉
得与不得又有什么两样
那时我早已，我早已放马南山
什么东山，什么泰山
什么大道，什么羊肠
我只愿策杖驻步
静观夕阳

那时，也许我会站在屋檐之下
闲目老槐树金色的叶子

轻轻落在长满黄菊的花圃
也许像一棵老枣树站在路旁
也许恰有少年从眼前策马疾去
我只有甜蜜的祝福
愿他走向更远的远方

那时，或许还有一点念想
比如温习一些过往的情节
比如读一读泛黄的旧章
像青草上的一滴露融于泥土
我只会淡然一笑
心中的江涛早已止息了
没有什么能让我狂喜
也没有什么能让我悲伤

2018.06.15

寂静颂

最美不过这样的时刻
清晨，滴答的水声
敲碎喧嚣的梦境。窗外
众雀引吭，洗涤过的心魂
被鸟的尖喙啄去
像一粒雨珠，轻悬于
竹叶之尖：欲坠，透明

我也喜欢这样的情节
黄昏，风轻，着青衫布鞋
缓行在阒寂的山径
树摇，叶坠，有落红几片
滑过眉棱。当然，是时

我也设想幽径旁

有一墩石鼓，那些

金戈铁马的回音

都凝固为几行斑驳的文字

识得，不识得，俱与我无关

我只从它身旁走过

像一片落叶被轻风携去

唯有山涧溪水

柔曼地吟咏

昨夜月光

岁月老去，所有的月光

都长成白发了

关于月光中那些旖旎情节

比如，柳影下的约会

比如，玉人手臂的寒光

比如，将军柏前的霓裳羽衣

皆如明眸昏花，秋水干涸

全都老去，像落红

浮于远逝的流水

可是，为什么

昨夜，你又生生地

穿窗而入

暖了我的心扉

仿佛，我是老杜

而你从鄜州的夜空照来

风过留痕

干吗还要说风。在这日暮时分
我站在山头回首
多少湿润的往事都风干了
包括初春萌发的细芽
包括三月桃花的馨香
包括葡萄架下淅沥的雨滴

干吗还要说风。是留恋
那年十月的秋风
吹散了雨夜的阴云
还是沉迷雨霁月出
那一片清明的月光妩媚出一派诗意

在这日暮时分，不想说风

风却又从天边吹来

又让我心湖荡起涟漪

开始期盼夜来

让我再次去徒劳地打捞

那湖水里摇曳的月影

——它碎了又圆，圆了又碎

提灯路上

曾经，我以匕首为灯
用寒风砺刃，借刃上的霜色
照明。而夜色如铁
我无论怎样疾走或小心翼翼
鬼魅总是贴身跟随
刺之不去，逐之不弃

后来，我持佛心为灯
仁慈为芯，用爱烛照夜色
因明白这世间的道路阻且漫长
心也不再惶急。而夜色
却开始如冰雪融化
恐惧也如蝉壳蜕去

那条草蛇灰线渐至宽阔

如今，放下执念，以空为灯
不提不持，不必寻路
无须照耀，而一切洞明

春天里，请你等我

早已逝去　一江春水的年华
雨雪霏霏的季节　篝火
早已　把我烘烤成
一朵云　一片霞

在归于大海之前　我依然不忘
沿岸你曾经的芳容
请你依然以盛开的姿势等我
待梦中春天的铃铛响起
我会携着紫燕回家

如果　你听到一声啁啾惊皱一溪春水
那是为叫醒你　倾听我渐近的步伐

如果　清晨一滴雨珠滴落在枝头

那是我的魂魄回归

含泪依偎于你的花蕊

再听清溪潺湲　再嗅你沿岸的芬芳

哦　你这让人沉醉的十里桃花

竹 竿

多少旖旎的幻觉
总是在夜的静谧中泛滥
那么多的意象，都披着月色

我裁一缕权作竹竿
借以挑开帘后
春天的情节

这样深的夜，适宜痴
风说着疯话，可总撩不开月纱
透出谜底

如果你是一座花园

如果你是一座花园

那花园里一定有一条曲曲的花径

曲曲的花径是用彩色的石子铺成

而我愿是那石子中的一块

这块石子是红色的

有着太阳的颜色

这块石子的形状是心形的

也像心一样绯红

如果你是一座花园

我当然知道那曲曲的花径上

有着许多的赏花的人

有的步履匆匆

有的驻足品赏

但我愿意快乐地承受着

被踩的疼痛

因为他们

也许像我一样欣赏你

对待你也像我一样深情

如果你是一座花园

当然我知道就一定有雨有风

当然也会有鲜花的衰微

也会有枯枝的凋零

当然，在寒冷的季节

也会有雪花铺满花径

当然我更相信

即使季节轮回

依然会有打着雨伞的人

走在花园里

钟情于你的风景

当然你也许不知道

有一块红色的石子

即使被踩在脚下

依然会默默地坚守

依然会遥遥地注目
依然有殷殷的深情

如果你是一座花园
即使那花径上的落叶与落红
零落成泥
赏花的人都悄然无踪
而那绯红的石子
依然坚守着花径
无论春夏无论秋冬

我把子夜发酵

浮华背后

霓虹灯闪烁着城市的浮华
路灯在高瘦的灯杆上
昏黄着自我的卑微
桃花香味从灯影深处飘来
混合着铜臭的暧昧

一群宝马离开马厩
在密林深处的茶社私语
十字路口，曾经繁华的菜市场
一个白色的"拆"字
在残垣断壁上默然无语

街头，一些喧哗

如海浪涌起的泡沫在岸边堆积

然后销声匿迹

一颗喝了三碗白酒的灵魂

宛如一条鱼在夜海泅渡

它嗅到了远岸

月光的气息

2016.05.09

挥霍或者虚度

或许是不愿挥霍夜的漫长
失眠症比太白金星起得还早
于是，在寂寥的黑暗里
我甚至听得到字粒的絮语——
"你，没有青春的诗行
长满了荒芜！"

"唉——"夜发出叹息
一些暗色调的思考
仿佛用无病呻吟的技巧
在虚无之夜正透支着生命

此刻，灵魂的石头被梦焐热

滚落在黎明的路上
不知磕绊了谁的脚
"疯子——"
周围汹涌起一阵暗云般的嘲笑

一声呓语传入耳膜——
"别透支了夜的黑，
你这暗夜里的傻瓜，
睡吧，窗外将有风雨！"

2016.05.15

冷眼抑或期待

白鸽垂死，羽毛纷飞
黄昏泛滥，光明掩埋
蝙蝠盘旋，百兽出洞
黑色森林，波涛汹涌
我是一只修炼千年的黑狐
黑色的身躯与夜色交融

我徘徊在夜的森林里
用
温柔的善良的悲悯的
忧郁的垂泪的胆怯的
茫然的无奈的仓皇的
眼，去洞看

温暖的冰冷的正直的扭曲的
和平的血腥的沉默的喧嚣的
白色的黑色的灰色的金色的
世界
去寻找谁在波涛边
垂钓太阳月亮星星

夜的森林神秘深邃
树梢上飘飞着老子与孔子的魂影
森林深处，我听到雄狮吼鸣

2016.11.04

明与暗

路灯撕开夜的肚皮
都市的五脏六腑炫于明灭的灯火
马路上，自行车，电动车
欢快地流过。不远处
美食一条街正喧哗着美味
一排豪车簇拥着茶楼
窗帘背后暗藏着秘密

青石护栏的桥头
一戴眼镜的女孩儿脸色满布着忧郁
岸边，一浓妆艳抹的女子
欢快地坐上红色宝马疾驰而去
柳荫下，一对男女紧拥着

古老的护城河水色暗绿

都市的边缘，谁家的窗台
正透着橘黄色的温暖
一位打工归来的汉子疲倦地推开木门
惊醒了树上鸟雀，像一块石头
击中了夜的浑圆与静谧

2016.12.29

狼与狮子

一头称雄千年的狮子睡了
一只狼伺机咬了一口
满嘴獠牙沾着狮毛和鲜血
从此，这只狼便染上了怪癖
它嗜血成性，时常发疯

这只可怜的狮子
在用火药制成的礼花中
一睡百年。因睡得太久
它患上了骨质疏松症
曾经纵横四海的腿
已经不能撑起庞大的躯体
它趴下了，森林中

传来阵阵哀鸣

那一年，一群衣衫褴褛的苦行者
从东方的森林中走来
用锋利的匕首划开狮子的胸脯
摘除那颗行将死去的心脏
他们用镰刀划开自己的前胸
把自己火热的心脏嫁接上去

然后，这群人用锤子敲碎自己的骨头
喂食这只虚弱的猛兽
于是，这头狮子的心脏开始有力地跳动
红色的血液通达肌体。它
终于又站了起来，眼睛开始喷火
吼叫声又回荡在无涯的森林

几十年过去了，那只嘴角上滴着血的狼
依然在森林深处对狮子摩拳擦掌

2016.09.19

沙 漠

脚手架搭起的高楼比月亮还高
行走在街道上得不到月光照耀
灯杆很瘦，上边没有鸟儿休憩的巢
路灯很暗，像蓝色的磷火在墓群上飘

地铁，商场，公交
一粒粒流沙比肩接踵
道貌盎然的两脚兽成了沙漠主角
舞动的利爪带着兽性的残忍
黑色的血液流出雏鸟的嘴角
一个个幽灵像黑色的蝙蝠
在沙漠上翩飞
一群群骷髅穿着华衣

在钢筋水泥筑成的墓道间逍遥

秋风很凉，灰黄的杏叶落满了书院的墙角
秋雨很冷，躲进道观的老鼠
在老子的《道德经》上舞蹈
但闻飞天在遥远且阴暗的石窟里号啕

蠕 虫

待蠕虫从胸腔爬出
亦黑亦白的世界
开始沦为一块朽木

它钻进大槐树的根部
子夜　我听到
叶子黑色的哭泣
黎明　老鹳窝散落一地
四散的鸟儿无处可栖

寺庙里　谁持槐木手串
在香桌上开光
一滴泪从菩萨的眼角流出

子夜没有诗叩响我的心扉

此夜，期待一首诗
涌进我的心扉，就像
闪电撕开乌云
雨点敲打门窗

而我听不到诗的跫音
心中竟涌来阵阵恐慌
为了去南方，我从北方启程
一路上竟没有一丝阳光

透过车窗欲看风景如画
比如江水澄碧，白帆点点
比如荷花般的云影

在微漾的湖泊里沉醉

抑或一阵雨一阵风

从古巷深处

袅娜出一位打着花伞的姑娘

只是啊，雾霾遮断望眼

马路边，一头铁兽

正把一座青砖绿瓦的老屋摧毁

起风了，灯红酒绿的夜晚

我看到一弯新月，低低地

悬在城市边缘

像一滴皎洁的眼泪

2016.12.06　凌晨 2 点于上海

兽与蛇

兽的铁蹄摩擦着路面
混合着尖锐的嘶鸣
阵阵裂缯之声
将浓重的夜幕撕碎

碎片溅起,若一只只
聒噪着的乌鸦飞上高楼
梦中,昙花尚未开放
已被乌鸦之喙啄破

羊肉串似的,高速路像一根钢丝
将一座座城市串起
乡村田野森林被蒸烤成木炭

与欲望之蛇一同装进袋子

是谁为了一场饕餮盛宴，将木炭
点燃，腾起的雾霾织成乌鸦之翼
而蛇从袋子里爬出
嗅到了羊肉串焦煳的气息

高速路边野花盛开
乌鸦旋舞于高楼之上
蛇伸着毒信子
欲把地球吞进肚中

黎明前，凌厉的风
从北方吹来

审　判

梦游般的白昼

在隧道里穿梭

车厢空空

没有果实

只有绳索

一只鸟飞出窗外

又跌落于尘埃

纷飞的羽毛

在雾霾笼罩的傍晚

孑然飘零

夜伸出黑色之手

把灵魂提审

我听得到时光的厉呵

以及撞击在

墙壁上的回音

我接受黑夜的审判

无奈的是，天明

被绑架的躯壳

依然在拥挤的街道

孤独穿行

2016.11.27

冬夜，你的声音

你没有光泽的声音
从虚掩的门缝传来
多像一只倦鸟
从寒冷的北方飞回
每个音节都沾满了风霜

你是想唤来一盏灯光
照耀你那一床寂寞吗
还是为唤醒不眠者
点燃一堆篝火
去温暖那结冰的音节

其实，在寒冷的冬夜

我好想敞开胸膛
拥抱你倦倦的声音
就像一个农夫
去救一条冻僵的蛇

即使它苏醒后
带着摄魂的毒液
让我中毒，倒下，死去
也心甘情愿

只是，在这寒冷的夜
我也是一条冻僵的蛇
我知道你的声音
只不过是白蛇的叹息
我的幻觉是一种病
只不过是同病相怜

2017.01.04

孤　独

打从那年，你乘着兰舟离开
远去的身影
便挟持了我的双眸

自此，孤独常从心里走出
持三文小钱，沽二两清酒
并邀来寒蝉的残鸣与影子对饮

在更深的岁月，我在白昼
与瘦的酒瓶称兄道弟。我在夜晚
抱着丰满的酒坛娘子入睡

假若，假若有假若

你从春天的江南踏歌而回

若遇夹岸的桃花带有酒香

请莫怪那是我灵魂的味道

为了给你这一季的荼蘼

为了给你这一刹那的陶醉

飞往长春

在雾霾的灰布衫里爬升
飞机气喘吁吁
心中掠过乌鸦的阴影

地球是不是神祇怀抱里
一个气息奄奄的婴儿
会不会有一天
抛进宇宙的黑洞

穿过层霾，终于看见蔚蓝
阳光穿过舷窗
若慈母的手，抚慰着
一双双灰蒙蒙的眼睛

俯瞰，群山若皱纹
在大地的额头起伏
河流痉挛，湖泊像盲女的眼
地球恰似一颗耗尽精血的肾

该着陆了
空姐用丰满的声音
进行着实时天气预报
12月，北方
长春，晴冷

2017.01.22

丝　绸

汗血宝马的嘶鸣裹挟着沙粒
迷住了汉武大帝带血的眼睛
他将马鞭朝着西域轻轻一指
一段传奇从此启程

一个名叫张骞的使者
抖动了一下丝绸
一种柔软的声音
便穿越三千里云月
闪烁出东方的光芒

今天，他的后人
又用丝绸拧成纤绳

拉着中国出航

用两根蚕丝

把地球轻轻舞起

2016.10.24

嵩阳书院的大唐碑

一千二百年前，你
没能雕成一尊菩萨立于森严的庙宇
没能碎成一块块石头撑起一座茅屋
没能成为柱石擎起一个朝代不世繁华
却黑青着脸，羞愧地站在峻极峰下
为一个奸臣和一个爱上杨贵妃的皇帝
背书，画押

一千二百年来，唐宋元明清的风
从你耳边吹过，你
背诵了几多唐诗宋词
拥揽了几多风雨烟霞
你目睹了一场大雪里深埋着的虔诚

你聆听了几代鸿儒关于过去与未来的对话

你多想用博学和沧桑，白云和流水

洗却背负的谩骂

多少年过去了，你仍然羞愧地

站在高高的峻极峰下

任凭电击，任凭雷炸

纵使麒麟口吐祥瑞

纵使书法高若春云

却不敢诉说自己作为一块青石的厚重

不敢告诉世人自己多想躺在逍遥谷里

与嵩山融为一体

秋赏山菊，春嗅桃花

你终于明白，一旦有了过失

就被大山永远踩在脚下

2016.12.27　下午

174

周末，我参加了一场音乐朗诵会

今日，天晴，阳光很亮
街道正汹涌着繁华，我的心情很雀跃

音乐朗诵会在茶社的顶楼举行
报告厅不大，可纳百人，氛围很庄严
茶社的女老板告诉我关闭手机
我走进，可以听到
自己的足音在报告厅里空空地回荡

朗诵者和听朗诵的人
有十几个。像紫砂壶里几片青青的竹叶

朗诵会开始。我

听到了主持人的声音很职业，很磁性

听到了千里冰封万里雪飘

听到了橡树的沉默，木棉的爱情

听到了一个名叫食指的诗人的血

热且殷红，汩汩流淌

紫砂壶里开始注入开水

几片叶子在滚烫的水里翻腾

继续倾听。我

听到了古筝的清瘦与凄婉

听到了落雁的徘徊与惆怅

听到了一个年迈的教授

在诵读大江东去

诵罢，我听到主持人轻声询问：

"教授，您老还说些什么吗？"

当然，我还听到了老人低微的声音

"不说什么了……"

紫砂壶里的热气渐渐散去，茶温温的

几片竹叶青在壶底舒展而沉静

"不说什么了……"这句话
多像今天诗词朗诵会的氛围
多像当代诗词的境遇
"俱往矣！"当叹息声在我心里萦绕
"相信未来！"一个如洪钟如浪涛般的声音
又在我胸腔激荡。我感觉到了那么一点
歇斯底里

茶有点凉。我喝了半杯
还剩半杯。紫砂壶空了
朗诵会结束。这座茶楼有些高
是的，有些高。我从顶层坐电梯而下
走向汹涌着车流人流的街道
我仰起头看看北方的山

北方，嵩山
这座李白曾游览曾喝酒
曾在这里写下了《将进酒》的名山
横卧在天地间
静穆无语

2016.05.23

177

春节只不过是一服中药

病根已在柳絮飘飞的灞桥扎下
自手中那截柳枝插进渭城的轻尘
疼痛就开始在板桥的
清霜里发芽

沉沉暮霭，子规悲鸣
是谁在晓风残月里苦吟
又是谁在杨柳岸旁啼血
而榆关那畔的风雪
也在山一程水一程的
雄关漫道里加重

游子的衣衫已破

煤油灯下的白发

已三千丈了呀

何药可解相思痛

春节，只不过是

用亲情熬制的

一服解郁的中药罢了

2017.01.20

过　客

南极北极，酷暑严冬
阴阳鱼在隧道中穿行
光从白洞逸出又坠入黑洞
我看到星辰在虫洞里蜂拥

马里亚纳海沟尚在太平洋底酣眠
珠穆朗玛的根部岩浆汹涌
恐龙的脚印在岩层间奔跑
一朵昙花盛开出夜的寂静

母亲丰满的怀里
藏匿着祖母坍塌的青春
祖父的白胡须上

飘动着子孙未来的身影

画堂檀板秋拍碎
唯见东流春水平
谁的长叹惊落了盛唐
谁能听到琥珀里
蟋蟀正悲鸣着秋风

2017.01.21　晨

再见开封

昨晚，小宋城，几个朝代的繁华
被拿捏成翡翠般的小笼包子
吞下，流香。一些经典的故事
便在胃里发酵

过大梁门，幢幢灯影
多像那年，我细瘦的青春
于是，我向人说起
马道街，相国寺，禹王台
以及繁塔的读音。说起母校
说起中山路上云吞面的诱惑
以及如何在湖畔插柳成诗

只是一抹旧梦了

——这一圈旧城墙里的绿色

离开。清晨微寒

那些梦里怒放的昙花

也在初春的大梁路上，倏然凋零

一种眷恋，开封后又盖上

且用白蜡封口

自此，不开封

2017.03.02　晨

舟自横

驴已杀，磨道荒芜
磨盘成为摆设
小桥不在，流水干涸
那几户人家门口的石凳上
佝偻着孤独的人影

没有了野渡，到处是百舸竞流
桃源不复，高速路高悬于头顶
铁兽疾驰，撕破了万籁俱寂
翠柳之上，黄鹂落荒而逃
一行白鹭在雾霾里隐踪

雨很大，一袭蓑衣奈何不了寒凉

人至中年，双腿患上了风湿

弯曲的脊梁已扛不起斜阳西坠的沉重

今日，多想，找一处风景

有一溪碧水缓缓东流

有夹岸高山，寒树丛生

有扁舟一叶，自横于云影之上

我自陶陶

独钓如墨的倒影

2017.03.06

行走的痕迹

经过九九八十一次修炼
终成正果，你化身铁锤
去敲击头顶的夜，没碎
却星光四溅

春刚至，许多花都没醒来
你却急着化蝶
也许是尘世的花沾上了霾
你才急忙离开

为了截住一段时光
我用你打制的刀
去断水，天上的白鹤说

"别抽，他正归来。"

低首，流水中
倒映着一片洁白的云彩

2017.03.24

寂寞的田埂

拐杖撑起的村庄正在坍圮

老屋前，灰白的头发

已拉不回游子

渐行渐远的脚步

野草丛中，刨食的麻雀

正在温习一些过往的情节

譬如，老牛的哞叫

以及月影里的鬼故事

其实，一场围猎早已预谋

田埂上疯长的寂寞只是一个符号

天边，高楼上

风，正劲吹

2017.03.24

边　缘

东挪西借，交足了首付
终于拥有一套新开发区的房子
北可眺望鳞次栉比的市区
南可俯视阡陌纵横的田野
家住顶层，心中涌起
依窗摘星辰的冲动

谁知，子夜，无法眠
一边，闪烁着耀眼的灯火
一边，高速路车流轰鸣
只好念叨苏东坡的句子
琼楼玉宇，高处不胜寒

早晨，坐电梯下楼

遇到了佝偻着腰的老人

他说

这楼盖在他家的土地上

他要下楼去喂饥饿的羊群

陶　片

在望陶馆望陶片，不关注陶片本身
我只关注陶片背后的情节

是不是因为一阵剑戟斧钺
将一个王朝灭亡，而道路上
一个母亲，她正持陶
喂养自己年幼的孩子
而王的铁蹄将陶罐踏碎
也踏碎了孩子和母亲

多少年过去了，陶片依然暗红
这多像血的颜色

2017.04.24

于春天，我不想谈论死亡

于春天，我不想谈论死亡
不想谈论悲伤。就像看着星辰，月亮
不想流星陨落，不想月光结霜

时空里，总有一条溪流流淌
或东，或西，朝向大地指引的方向
我们只是流水里的一尾鱼

接纳春风秋月，接纳山色湖光
接纳暗流旋涡，接纳平坦跌宕
接纳洪水滔滔，接纳干涸以及濒死的河床

于春天，我们先捂住倒春寒的嘴巴

捂住老树皮的掉落。松树在这个季节
又长高一寸，我们何必低首为地上
枯落的松针悲伤。于春天
我们只管种一株花，或者一棵树
甚至，不必考虑是自己欣赏或后人乘凉

星落了，必然走来黎明
当夕照在西山融入暮色
黑夜的钟声就悄无声息地敲响

蛛 网

我是一只卑微的蜘蛛，在黑暗的角落
编织着一份迢遥的美梦，我想网住
玫瑰的酒红，夏荷的清香
以及秋天咧嘴石榴发出的笑声
如果能够，我也愿网住一朵雪花的晶莹

我也想让你从天边走来
用你的明澈照亮角落这片浓黑
用你的火热焚烧我心中淤积的疼
即使你像流星一样短暂滑过
滑过我卑微的生命

而我，是一只卑微的蜘蛛

在黑暗的角落编织着一份美梦
你却总是那样逍遥且朦胧
四季的美好也很少光顾
砸伤我的，却常常是
一片枯黄，一朵落英

秋风正紧啊，我只好在角落
不断修补这份萧瑟的痴情

舞　台

一通锣鼓，帷幕拉开，角色出场
众多蚂蚁爬行于舞台边缘
生怕被主角的坐骑踩死

戏渐紧，前呼后拥，主角出现
他的眼神睥睨四野
几只蝴蝶在他的身边舞姿翩翩
主角的坐骑傲立身旁

戏至高潮，主角却被毒死
蝴蝶飞去，没有一滴眼泪
而坐骑化身为龙，青云直上
背景中蚂蚁有的继续爬行边缘

有的长出翅膀，幻化成蝶的模样

一场戏结束，另一场继续上演
一个角色死去，另一个角色登场
日出日落，舞台高耸且不会倒塌
有人总在舞台中央拉着长腔

一只蚂蚁隐身于背景中的树上
他发现没有观众，鼓掌的也是演员

2018.01.04

稻草人

甚于张冠李戴，因了农夫的加持
便有了人的模样
风来袖扬，我舞着破碎的衣袖
去看守长满谷子和稗草的田野

起初，一只灰麻雀怯怯地飞来
偷啄了几粒谷子匆匆飞去
然后在空中张望
它听不到口哨，也听不到枪响

接着，一群麻雀打着旋儿飞来
在低垂的谷穗上
一边啄食，一边舞蹈

还飞上我的手臂

开始自由歌唱

我是一束稻草

只希望散乱地躺在田埂

回味丰收的喜悦

享受温暖的秋阳

为了下一季的收获

即使腐烂成一把草灰

也心甘愿

但我无意化为没有灵魂的稻草人

用虚假的舞姿给世人捧场

魔 象

这夜，闪烁的虹霓摇出少年时的痴妄
山峦的曲线唤醒大海波涛
冲动和渴望开始拍岸
仿佛又桃花争艳，仿佛又春风骀荡

一阵夜风掀起衣袂飘扬
一些臆想如蛇爬出胸腔
谁像柳树般倾倒
谁的皎笑胜过月光
桃花香味在灯影中弥漫
一颗枯心在夜色中芬芳

迷离的霓虹眩了迷离的心绪

幻影中又闪出一堵篱墙
于是，把反季节的春风摁回骨头
让秋风开始在夜色里生长

经年的寒冷又开始层层淤积
弹琴的玉指开始结霜
你曾以为琴声可以唤醒一场梦
你不知唤来的竟是冰川之殇

这夜，霓虹亮了又暗
一场幻觉如梦，又如梦一般收场

空　白

无处透风，飞白难觅
尘世间的图画
笔触，太过细密
色彩，太过丰满

白衣殿，壁画里的僧人
打斗了千年
今日依然烽火狼烟

红尘太高遮住了望眼
法王寺的卧观音双目紧闭
它用酣睡自度，不再化度人间

不说人世了，仰望明月
谁说那里是一片空一片白
广寒宫中，玉兔正惊恐难眠

朝 夕

晨曦刚以清露洗却眸里惺忪
忽闻暮鼓轻敲，面庞上的意绪
已若沾了寒霜的落英

犹记一只红蜻蜓尚在翠叶上振翅
忽闻秋风烈，在我眼前的
已是枯瘦的莲蓬一茎

朝发的号子尚在耳畔回响
如今，夕阳坠，蓑衣破
而远岸未至，前方正涌来阵阵涛声

轮 回

傍晚，一只鸟从空中跌落荒丘
渺小的躯体上，羽毛凌乱又凄美

它的死亡暗藏着自然的法则
这只鸟，正是这浮世的一员

如同我们，脚下的泥泞已经走过
黎明已离开那么远，而黄昏又这么近

谁在一座新坟前祭奠夕阳
夜晚到来时，又有谁的笑声
穿过黑暗的森林

老 杆

曾经，独木桥上的清霜和头顶的冷月
把如诗的青春荒凉成一簇卑微的野草
甚至，草丛中的蟋蟀，夜空下的流萤
都被流放到瘦削的日子之外
只是为了流火的七月，那一次日出

曾经，别人竖起高高的老杆，而我
是那只爬杆的狮子
自己的雄心是把玩在别人手中的道具
那个带着铃铛的绣球和场地上的阵阵鼓声
让我血脉偾张

终于爬到老杆之上

啃痒、打滚、调尾、拜四方

动作完毕，却发现

戏已收场，人群四散

身后的西山比老杆高，夕阳正在下沉

别了，过往，那些卑微和喧哗的日子

在又一个黎明到来时刻

我嗅到东篱之下的菊花清香

正氤氲着禅房静静的诗意

关于诗

荷尔蒙早在正午之前分泌完毕
黄昏时分，携一些词根装入行囊
只是为了描摹一些倒影
就像枯树在暖冬里发芽

也许这一瞬间的绿意
终究会被风雪粉碎
漫长的冷才是梦的真相
但斜阳毕竟是温暖的
虽然落山后是无涯的黑

这绿意，甚至梅花
伪装出来的春色转瞬即逝

但终究，我们的心湖
也曾诱惑得几圈涟漪

这就够了
一首诗的宿命
已经完成

跋

顾君义

我不愿借一枚红叶掩盖萧瑟的秋意
我不愿借一片雪覆盖大地的秘密
我不愿借一座高山抬高一簇野草
我不愿扯来华衣掩饰自己的裸体

站在时光之岸，我是一株芦苇
把太阳和月亮吹来的风摇曳成瘦削的诗句
我是嵩山脚下一抔粗粝的黄土
只待雨来，我把泥巴的心思呈献给四季